明星球员的
低谷危机

管理好屏幕时间

［美］劳恩·梅尔梅德　　［美］安妮特·塞克斯顿◎著

［美］杰夫·哈维◎绘　　李　琳◎译

U0669177

北京科学技术出版社

著作权合同登记号　图字：01-2021-6122

图书在版编目（CIP）数据

明星球员的低谷危机：管理好屏幕时间 / (美) 劳恩·梅尔梅德, (美) 安妮特·塞克斯顿著 ; (美) 杰夫·哈维绘 ; 李琳译. —— 北京：北京科学技术出版社，2022.8

书名原文: Timmy's Monster Diary: Screen Time Stress

ISBN 978-7-5714-1880-9

Ⅰ. ①明… Ⅱ. ①劳… ②安… ③杰… ④李… Ⅲ. ①儿童故事—美国—现代 Ⅳ. ①I712.85

中国版本图书馆CIP数据核字(2021)第225919号

策划编辑：任昭敏	**电　话**：0086-10-66135495（总编室）
责任编辑：蔡芸菲	0086-10-66113227（发行部）
责任校对：贾　荣	**网　址**：www.bkydw.cn
图文制作：品欣工作室	**印　刷**：河北鑫兆源印刷有限公司
责任印制：吕　越	**开　本**：889 mm × 1194 mm　1/32
出 版 人：曾庆宇	**字　数**：17千字
出版发行：北京科学技术出版社	**印　张**：4.25
社　址：北京西直门南大街16号	**版　次**：2022年8月第1版
邮政编码：100035	**印　次**：2022年8月第1次印刷

ISBN 978-7-5714-1880-9

定价：29.80元

小朋友，你知道吗？

作为一名发育行为儿科医生，我每天都会见到一些被焦虑、低自尊、注意力不集中、电子产品成瘾等问题所困扰的孩子。我想，要是有一套工具能帮助孩子们解决这些问题就好了！于是，我将自己的临床经验与写作经验结合起来，总结出了 ST_4（STOP, TAKE TIME TO THINK）小妙招，即停下来，花时间想一想。在 **ST_4 小妙招** 的指引下，阅读本书的你将意识到自己的内在力量有多么强大——这股不可思议的力量将帮助你战胜各种困难。

想象一下，当你能够掌控自己的身体和思维时，你将获得多大的成就感！我希望你在面对令自己紧张的情况时，或者冲动行事之前能够三思而后行；希望你变得更加细心，能够有意识地采取恰当的行动。简而言之，我希望你变得善于思考。

书中的角色、工具和剧情是为了帮助你树立自我意识、培养自尊心而设计的。你将见证书中人物的成长，学习如何着眼于当下。随着剧情的发展，书中的小怪兽们收获了更好的行为模式、更多的友情和更幸福的家庭——我相信这也正是阅读本书的你的愿望！

当然，书中的工具只是整体改善方案的一部分，其关键目的在于鼓励你和家人掌握生活的主动权。

祝好运！

劳恩·梅尔梅德博士

触手怪蒂米

- ☑ 优秀的脏脏球传球手；
- ☑ 在运球和传球方面能力超群；
- ☑ 和平板电脑形影不离；
- ☑ 玩《大战外星人》游戏时容易忘记一切！

怪兽马文

蒂米最好的朋友之一；

了不起的脏脏球手；

在他最喜欢的事情上花最多的
时间；

跟蒂米分享了绝密化学式ST_4
小妙招！

戈尔贡教练

学校脏脏球队的指导员；

总在关键时刻鼓励脏脏球手们！

蒂米的捣蛋鬼双胞胎弟弟

有些调皮；

但很擅长"舔"盘子和清理房间！

目 录

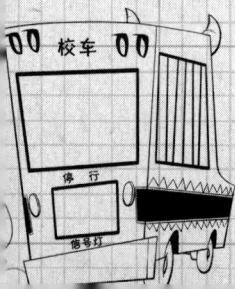

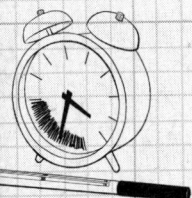

VII

第 一 章

游戏结束：

浪费了时间，
还输了游戏

祖祖格把我吃掉了，还不止一次。我，触手怪蒂米，竟然被一团像素球给打败了。我真的只差一点点就要通过《大战外星人》第51关了。《大战外星人》是继《涂鸦传说》之后最好玩的平板电脑游戏了。这款游戏风靡怪兽星球的每一个角落，每一个小怪兽都在玩。

在游戏里，我化身怪兽宇航员，任务是驾驶最酷炫的宇宙飞船，用激光击落外星人的飞船和小行星，击碎敌方的宇宙加农炮。每当我成功抵达另一个行星，并打败邪恶的外星人德拉戈，就可以成功通关。

祖祖格

我花了足足三个月才通过了前50关，解锁了第51关。在这一关，我遭遇了祖祖格。祖祖格体型庞大，穿着厚厚的铠甲，任何激光都无法对他造成伤害，有谁胆敢从他的身边经过，一定会被他追上并且吞进肚子里，包括我的宇宙飞船。

4

祖祖格才不在乎我装备了多少火箭助推器呢，他总是比我更快一些，而且他永远处在饥饿状态。在第51关上我已经耗费了整整一个月的时间了。今天晚上，我终于成功抵达了德拉戈所在的星球，可我必须得减减速了，因为我遇上了太空大战。

哎呀，游戏结束。这是我离成功最近的一次，但都被我的双胞胎弟弟给毁了，他们在我的平板电脑上乱划，害我自投罗网把自己的宇宙飞船送到了祖祖格嘴边。妈妈说我与其一直玩平板电脑，不如和两个小弟弟玩。

我才不呢！

双胞胎弟弟=
别想通关

"典型"情形

　　我要是再试几次的话，今天晚上肯定就能打败德拉戈了，但我的平板电脑没电了，充电线又够不到我的床。这也许是件好事。离我该睡觉的时间已经过了三小时了。爸爸说过，按时睡觉的小怪兽才能拥有更高超的脏脏球球技。

明天有脏脏球比赛，我得在场上好好表现才行。我们要是赢了比赛，就能去参加怪兽乌托邦冠军杯比赛了！我和我的好朋友马文居然都入选了怪兽城牛头队，我至今都感觉像是做梦一样！

虽然马文不太擅长跟团队里的其他成员打配合，但他是最优秀的得分手。在临近选拔赛的最后一个月里，马文教我投中了我的第一个两分球。就这样，我们成了朋友。

他真的是我在球队里唯一的朋友了。我很开心我们明天能一起打比赛。

第 二 章

时间告罄：

我被时间困住了

希望今天的比赛不会像学校测试一样这么不顺利。我没有通过怪兽生物课的小测试。课间休息的时候，我必须待在教室里学习。格里姆老师说，她希望我可以顺利通过下周的怪兽生物课考试。我觉得她就是找借口不让小怪兽们出去玩而已。

格里姆老师
再次"进攻"

怪兽化学课的作业我也没交，于是我得了一张红钉钉贴纸。要是我这周得到三张红钉钉贴纸的话，就会被惩罚课间休息时间不能出去玩。最近这段时间我已经失去好多课间休息的时光了。

小怪兽黑榜

莉莉				蒂米	💧		
纳特	💧			杰里			
布鲁克林	💧			帕姆			
佩内洛普				凯利			
杰克逊				凯文			
克兰				马文			
奥利芙	💧			迈克尔			

都怪格里姆老师，她布置的作业实在太多了。

而且，她让上学的时光变得那么漫长，又那么无聊，我到家的时候脑子都转不动了。昨天回到家的时候，我实在太累了，感觉必须得玩一关《大战外星人》放松一下。玩一关的时间实在太短暂了，不过玩27关好像时间又有点太长，唉。

时间真是个难以捉摸的东西，每当我想让它过得慢一些，它却转瞬即逝。每次坐校车去打脏脏球，我都希望在车上的时间过得快一点，但它却异常漫长。今天只会更糟糕，因为马文去看牙医了，所以他的妈妈会直接送他去比赛场地。

　　我得和海迪、赫尔戈，还有奥斯卡坐在一起足足30分钟。短短的30分钟简直度日如年。他们叽叽喳喳的声音太大了，我戴上耳机还能听见他们讲话。他们总是说："蒂米，跟我们聊聊吧。""蒂米，友好点吧。"

菲利克斯和哈丽雅特不像海迪他们三个那么烦人，不过他们也跟马文说过我不太友好。其实我真的很友好，只是比起和别的怪兽聊天，我更喜欢玩平板电脑而已。我和这些队友们唯一的共同点就是我们都喜欢脏脏球。脏脏球是怪兽星球上最伟大的运动！

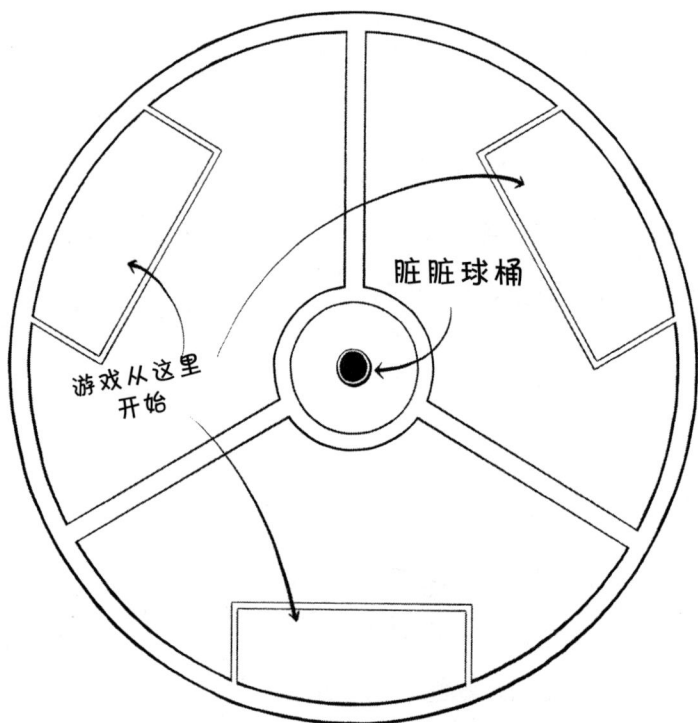

脏脏球桶

游戏从这里
开始

　　圆形场地上一共有三支球队。所有的小怪兽都想抢到球，然后把球投进场地中央的脏脏球桶里，这样就能得分了。把球直接投进脏脏球桶里，你可以得一分或者两分，但如果将球弹进去，你就能得三分。

你可以让球从地面借力，也可以从另一个球手身上借力，不过最好还是借助队友间的配合，因为对手可能会把球"偷"走。马文很擅长弹弹三分球。我也很乐意助马文一臂之力，不过我最喜欢的还是运球。

禁止飞行！

了不起的球手，了不起的朋友。

戈尔贡教练说，在练习运球技巧的时候，触手是我的先天优势。我希望我的绝招能在比赛中派上用场。最近的几次训练中，我的表现一直不太好。呀！校车终于停了。脏脏球比赛，我来啦。

第 三 章

比赛时间：

"我们"赢了，
但"我"输了

选拔赛我们赢了！我们下周能去参加怪兽乌托邦冠军杯比赛了！不过爸爸说要好好睡觉是对的。这次选拔赛是我发挥得最差的一次。因为我实在太累了，比赛过程中被自己的触手绊倒了好几次。

触手怪蒂米的
史诗级大溃败#1

几乎所有的得分机会都被我错失了。我一个球都没进，有三次是因为运球的时候球掉了，有五次是因为对方球手从我手里把球"偷"走了，还包括两个从我身上弹进的"乌龙球"。

触手怪蒂米的
史诗级大溃败#2

我甚至在马文想要借我的触手完成一次弹弹三分球的时候会错了意，我抱住了球，因为我以为他是要传球给我。

触手怪蒂米的
史诗级大溃败#3

最糟糕的是，我回去的时候不能把我的平板电脑带回家了。第二回合结束的时候，我被教练抓到在玩《大战外星人》，于是平板电脑被没收了。那时候我们队赢了20个球，所以我觉得我可以在第三回合开始之前小小地玩一局游戏。

看来我想错了。

兴致勃勃的我

25

怒气冲冲的教练

　　我最终没有获得"得分王"的称号，不过我们队最后勉强赢了比赛。我觉得这一切真的要怪到教练头上。他对我大吼大叫，让我对比赛失去了兴致。教练在回学校的路上一直都没有把平板电脑还给我。

上一次跟我的平板电脑分开还是因为我对双胞胎弟弟发了脾气，我讨厌他们两个像舔脏脏的餐盘一样舔我的平板电脑。妈妈因此惩罚了我，把平板电脑锁进了柜子。

野蛮的双胞胎弟弟 →

　　那真是可怕的一周。

　　坐在回程的校车上，我感到时间更是难捱。我脑子里反复循环播放着教练在比赛之后宣布的消息。下周的冠军杯，我们要对战造物堡野兽队和虫洞火蛇队。

赛前
动员

　　所有参赛队伍中只有这两支在整个赛季都压制着我们。他们是整个郡最好的球队了！我们之前从来没有和这两支球队同场竞技过。队员们都非常紧张，他们一直在谈论教练的动员讲话。

教练的动员大概是这样的：

你们有能力成为一支优秀的球队，但你们要是还延续今天这种状态的话，下周的比赛就毫无胜算可言！要想赢得冠军杯，每一个队员都必须拿出自己最好的脏脏球水平来！

接着，教练把我拉到身边告诉我，我是一个很优秀的团队型球员，我在运球和传球方面能力超群，但我这几个月来一直不在状态。他说我们球队需要我来凝聚力量。他说得对，但我该怎么做呢？

　　我真的不想给我们队拖后腿，毕竟所有的队员都那么努力。我知道自己能比今天表现得更好。马文主动邀请我明天放学后一起加练，希望有用。

第 四 章

加练时间：

我尝试了，但失败了
（史诗级大溃败：4：10）

　　加练没起作用，我甚至都没去成。我忘记了放学后去马文家的约定。当时我坐上了回家的校车，正忙着打《大战外星人》的第51关。

我犯错了。我满心都是跟祖祖格的对战，想要通关获得燃料，完全忘记了要和马文一起训练的事。

　　一整天都很糟糕，真的。早上我错过了校车。因为等车太无聊了，所以我戴上了耳机，开始刷最新一集的《超级制裁者》。我甚至都没注意到校车到站的声音。爸爸说过我太容易走神了。也许他说得对。

在学校里，我本该用平板电脑读书，但却玩起了《涂鸦传说》，所以我得到了一张红钉钉贴纸。我其实已经事先完成了读书任务，但是上课是不允许玩游戏的。总之，如果"能感知有小怪兽在偷偷玩游戏"是一种超能力的话，格里姆老师一定拥有这种超能力，她总是能抓到我！

小怪兽黑榜

蒂米	◁	◁	
杰里			
帕姆			

蒂米再一次夺得小怪兽黑榜榜首。天哪！

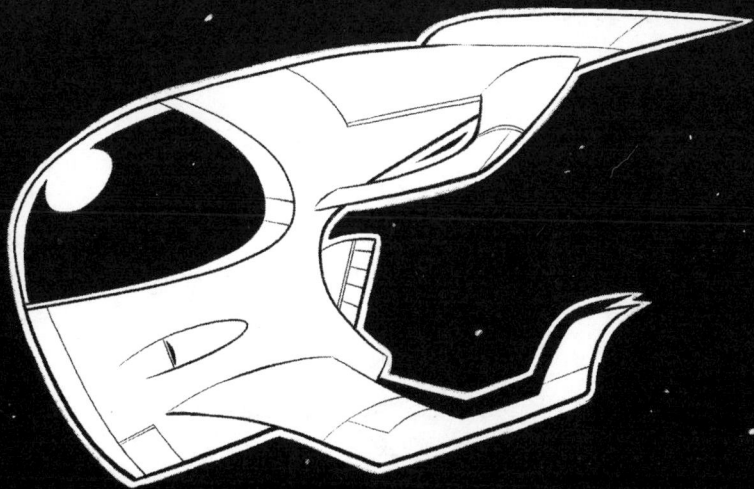

　　放学之后事情变得更糟糕了。除了错过了训练，我还因为忙着玩游戏，没有接到爷爷奶奶打来的尖叫视频电话。我好长时间没和他们聊天了。

妈妈做晚餐的时候让我去帮忙我也没听见，错过了玩面粉球的机会！接着，吃晚饭的时候，我没有听到爸爸问我的问题，又被他训了一顿。

幸运的是，爸爸没看见我放在餐桌下的平板电脑，可是我的双胞胎弟弟注意到了。他们向爸爸妈妈打小报告，就因为我不想陪他们玩小鸟猎手的游戏。

　　于是，我——触手怪蒂米，失去了今日份饭后甜点。

今天轮到我把盘子"舔"干净了，可是我连一科作业都还没做呢。一定是因为时间加速流逝了。我可不能再得红钉钉贴纸了，所以我决定等会再清理盘子，现在必须得开始做已经攒了双份的怪兽化学课作业了。

我忘了喷嚏粉是什么，我得去卜歌浏览器上查查。可是接下来的一整晚我都浪费在看爆炸试验的视频上了。

早上的时候，晚饭留下的盘子还堆在餐桌上，我的作业也没有完成。

我现在的确弄明白喷嚏粉是什么了，但这可不够应付格里姆老师的。今天她还是给了我一张红钉钉贴纸，因为我没有完成作业。三张红钉钉贴纸集齐了，我又一次失去了课间玩耍的时间。

小怪兽黑榜	△	△	△
蒂米			
杰里			
帕姆			

这是今天的至暗时刻。马文主动放弃了他的课间玩耍时间留下来陪我。马文，他可是个视课间玩耍如生命的小怪兽啊！他告诉我的时候，我差点以为他生病了。

第 五 章

加入马文的ST$_4$俱乐部：
花时间想一想

"蒂米，你是怎么啦？红钉钉贴纸？忘记我们的加练？？在比赛上掉球？？？你可是拿过金角角贴纸的小怪兽，而且你是我们队最会运球的球手。我得跟你分享我的**ST₄小妙招**。它帮我解决了麻烦，我觉得它也一定能帮到你。"

马文的小毒牙吉他

"你记得吗，我之前总是被罚课间休息时间待在教室。我之前注意力很难集中，做事丢三落四。这些坏毛病让我麻烦缠身。去年的小怪兽音乐节，我甚至把我的小毒牙吉他落在了家里！就是在那个时候，我想出了 ST$_4$ 小妙招。"

48

马文告诉我，**ST₄小妙招**是一个绝密化学式，但里面的字母代表的是单词首字母而非气味元素。数字代表的是对应字母的数量。马文说目前为止，**ST₄小妙招**的秘密只有我和他知道！

　　"S"代表着一个以"S"开头的单词：STOP（停下来），"T₄"代表着以"T"开头的四个单词：TAKE TIME TO THINK（花时间想一想）。当马文看到这个化学式的时候，就会知道自己需要停下手头的事情，想一想自己应该怎么做。

马文告诉我，每天他都会使用ST₄小妙招，甚至在脏脏球场上也会用到。ST₄小妙招提醒他自己是在一个团队中，不是一个人得分就万事大吉了。要是没有其他队员的话，他是肯定没办法投中弹弹三分球的。其实，在和我一起练习之前，他甚至从没试过投弹弹三分球。

俱乐部正式成员

为了随时利用 **ST₄小妙招**，马文做了一些ST_4徽章。我在他的背包上和三爪活页夹上看到过这些徽章。我之前也一直对这些徽章感到好奇。马文帮我制作了可以贴在平板电脑上的属于我的ST_4徽章。他说，现在我正式成为ST_4俱乐部的一员了。

提示

确定要退出《数字贪吃怪》了吗?

是　　否

同学们在课间玩耍结束后回来上课了，格里姆老师要我们打开平板电脑上的《数字贪吃怪》，开始解答上面的问题。第五个问题把我难住了。我正准备退出《数字贪吃怪》，打开《涂鸦传说》游戏的时候，我看到了ST_4徽章。

我把问题发送到了格里姆老师的平板电脑，她帮我找到了出错的地方。每次我遇到问题的时候，ST_4小妙招和格里姆老师总能帮我解决。终于，我完成了所有的问题。今天晚上的数学作业完成啦。太棒了！

等等，她对我还挺好的，是不是？

　　在回家的校车上，其他的小怪兽们叽叽喳喳地谈论着周末的计划。我打开了《大战外星人》。到站的时候，平板电脑上贴着的ST₄徽章提醒了我，于是我关上了平板电脑，没有继续沉迷于游戏。

我直接去找马文跟他一起练习脏脏球。我们大多数时间都在练习运球，帮我找回原来的状态。我尽力运球到球桶附近，他尽力把球带离球桶。

有几次球掉了，但我都抢在马文前面重新把球夺了回来，他没能把球从我这儿"偷"走。

练完球后我回到家，开始做作业。就在这时，我又一次看到了ST_4徽章。在打开平板电脑前我停下来想了想，决定不依赖平板电脑完成作业。情况比我预想的要好，我完成了大部分怪兽化学作业，不过还是有三个名词需要上卜歌查一下。

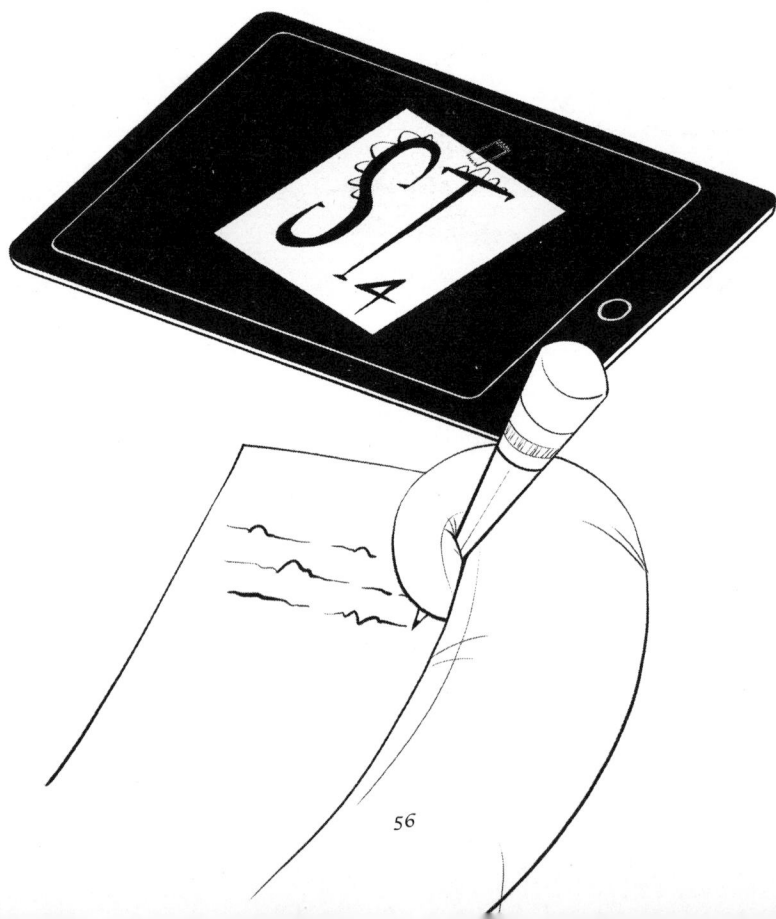

　　上网的时候，我没忍住看了一个有关尖叫粉着火实验的视频，然后我看到了ST$_4$徽章。我停下来，花一分钟想了一下……我意识到自己并不需要看视频才能明白尖叫粉是什么。于是在查另外两个名词的时候，我就没有再分心了。

　　虽然我写作文的时候用不到平板电脑，但要把注意力集中在怪兽文上实在太难了。写文章好累，莎士比亚的文章好难懂。我得拼命忍住想要休息一会儿、玩一关游戏的冲动。

每次我被莎士比亚搞得头大的时候，ST$_4$徽章总能给我提个醒，阻止我打开平板电脑，让我有足够的时间去回想和思考格里姆老师的要求。终于，我写完了怪兽语文课的作文。

今天完成一篇作文

太严厉了。没完成的话我一定会很惨。

第 六 章

管理时间：

我守时，所以我成功

　　ST₄小妙招好像起作用了。从学校的阅读时间开始，我就没再玩游戏了。晚饭的时候，虽然我真的很想把平板电脑带上，但还是决定再用一次**ST₄小妙招**。

在卧室走廊上，我停了下来，触手夹着平板电脑，想了想：爸爸妈妈希望我在吃晚饭的时候做些什么呢？

他们总是说，希望一家人能一起聊聊天。于是，我转身把平板电脑放回了书桌上，又想了想可以跟家人们聊些什么。

还是两个捣蛋鬼。
不过今天他俩看起
来很有意思！

    晚饭的时候，我跟家人们讲了我和马文一起
练脏脏球的事情。双胞胎弟弟开始把蛙卵当成球
在盘子里来回"运"了起来。他们俩可真好玩。
没有了平板电脑让我分心，我清楚地听到了爸爸
说他也想陪我练脏脏球。

那一刻我才想起，在《大战外星人》霸占我的娱乐时间前，我几乎每天都会和爸爸一起玩脏脏球！后来，我忙于打怪通关，就没再和爸爸一起玩球，也没和马文一起加练，甚至连自己都没时间打球了。我敢肯定，这就是我的脏脏球越打越差的原因。

我开始思考，花这么多时间在平板电脑游戏上，到底让我错过了多少美好的时光啊！祖祖格不光吞噬我的飞船，还吞噬了我的时间。

　　平板电脑吞噬了我的时间！

我得留出时间练习脏脏球、睡觉，看《超级制裁者》和《怪兽超人》漫画，搭黏土砖块积木，和爷爷奶奶打尖叫视频电话，和妈妈一起下厨，和爸爸一起研究闪电车力学，甚至和双胞胎弟弟一起玩。

- ☑ 脏脏球
- ☐ 《超级制裁者》
- ☑ 《怪兽超人》
- ☑ 搭黏土砖块积木
- ☐ 和爷爷奶奶打尖叫视频电话
- ☑ 和妈妈一起下厨
- ☐ 和爸爸一起研究闪电车力学
- ☐ 和双胞胎弟弟玩耍
- ☐ 睡觉

我决定掌握主动权。妈妈、爸爸、戈尔贡教练、格里姆老师，甚至马文，他们都在尽力帮我，但只有我能决定自己花费在平板电脑上的时间长短。

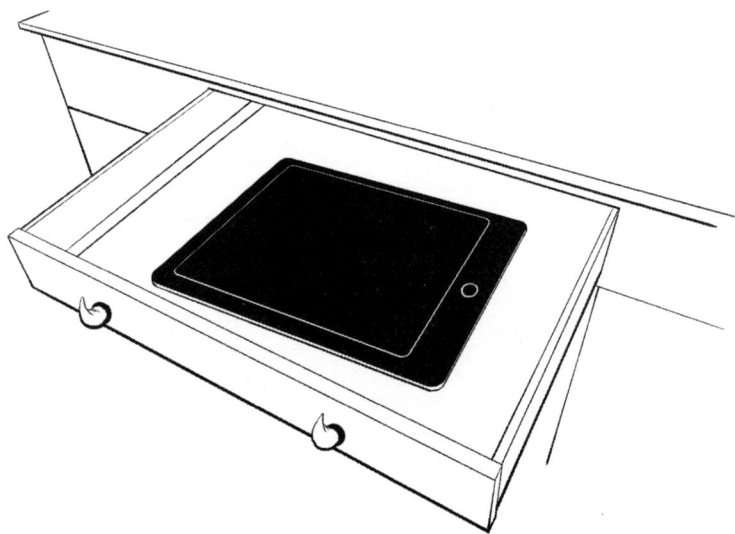

　　我得自己拿主意，什么时候可以使用平板电脑，什么时候该把它收起来。

卜 歌

怪兽化······
　　　　　网页　图片　新闻

　　我想要用平板电脑的时候，ST_4**小妙招**会提醒我停下来，花时间想一想，然后选择把时间用在一些其他更重要的事情上。当我在学校里或者做作业需要用到平板电脑的时候，ST_4**小妙招**会提醒我把平板电脑用在正确的地方。

　　虽然有了**ST₄小妙招**，但我还是觉得平板电脑"吃掉"了我太多的时间。我决定设定一个计时器来限制自己用它的时间。不知道为什么我没有早点想到这个好主意。现在，我的平板电脑上已经设定好了计时器！

我定了10分钟，然后打开了《大战外星人》。我觉得10分钟够我玩五关了。不过，在玩游戏的时候我可看不到计时器。

才玩了两关，计时器就"滴滴"地大声响了起来，吓得我把平板电脑扔到了沙发上。

飞起来的
平板电脑

被吓一跳
的小怪兽

想要使用
平板电脑
的时间

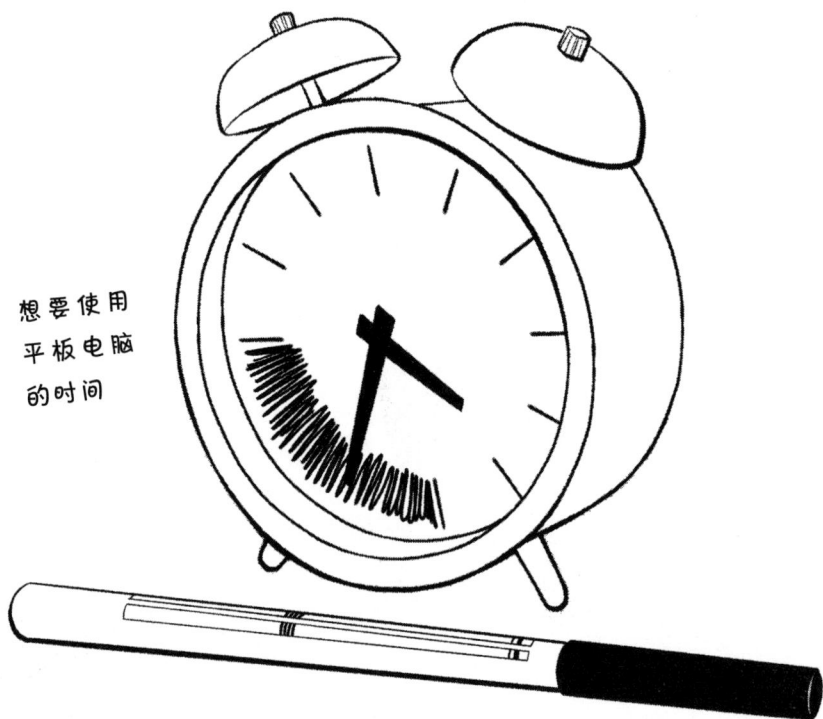

　　我需要一些能看得见的提示，于是我从房间
里取出了闹钟。我用可擦的马克笔在现在分针所
指的位置上画了一条线，在十五分钟后的位置也
画了一条线，两条线之间涂上颜色。完美！请叫
我阿尔伯特·史莱姆斯坦。

我在平板电脑上另外定了一个计时器，再次尝试通过5关游戏，但这次我也同时看着闹钟的时间。我看着分针从我画的第一条线跑到了另一条线的位置。这次计时器响起来的时候，我没有被吓一跳。

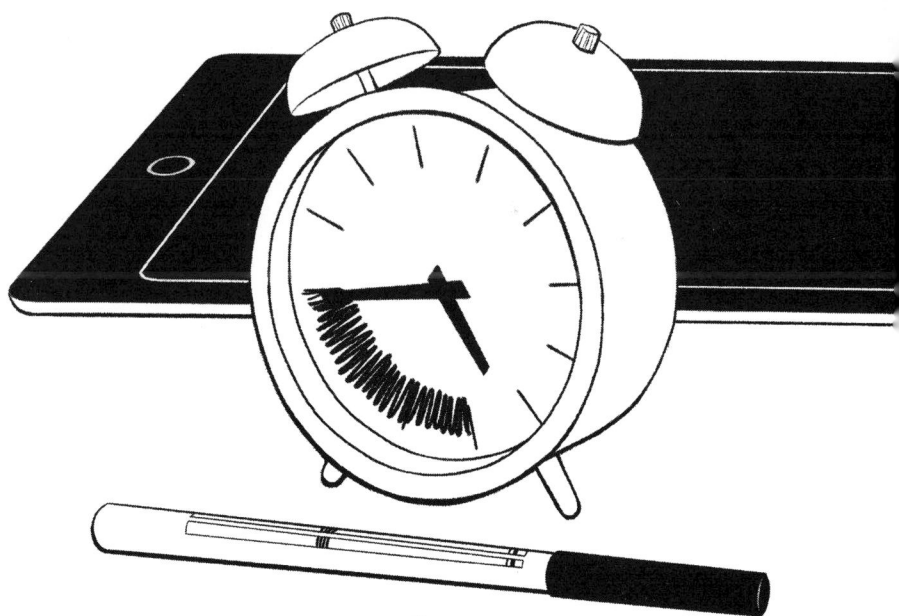

到时间了，小怪兽
没有被吓一跳！

我的另一个想法

时间日志	
活动	预计花费时间/实际花费时间

不过这次我也只玩了3关游戏。计时器确实有效果，但我不知道一件事究竟会花费多长时间。暑假的时候我会记阅读日志，这样我能知道自己每天阅读了多长时间。我决定记一个时间日志。

第 七 章

蒂米的时间：

我的时间，听我的

时间日志

活动	预计花费时间/实际花费时间
《大战外星人》	10分钟

　　我在时间日志"活动"一栏里写下《大战外星人》，在"预计花费时间"一栏下面写了10分钟。然后拿起闹钟，不过这一次，我只画了一条代表开始的线。我玩完了5关，然后在分针所指的位置画上了结束的线。我把这两条线之间涂上颜色，看看自己到底花了多长时间。

玩5关居然要花25分钟！这么长的时间，脏脏球都能打两个回合了！天知道这么长时间我能做多少次运球练习啊。我在"实际花费时间"下写了25分钟。

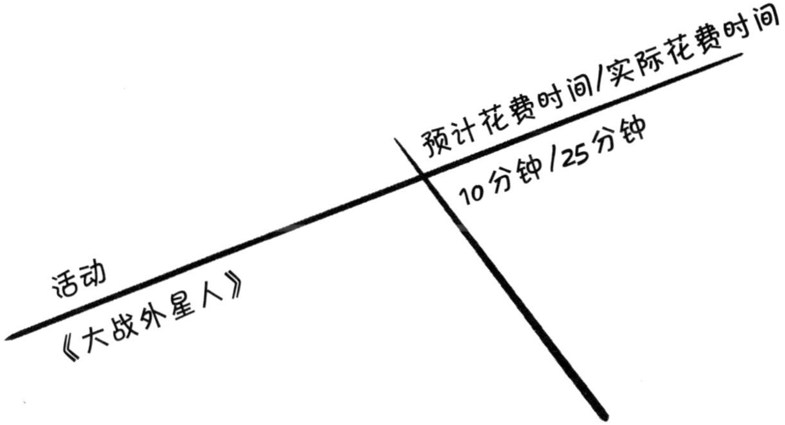

预计花费时间/实际花费时间

10分钟/25分钟

活动

《大战外星人》

接下来的周末时间里，我用闹钟和时间日志记录了我在喜欢的活动上分别花费的时间。

在几乎所有的活动上，我实际花费的时间都比我预计的要长一些。谢天谢地，我现在有了时间日志了！

触手怪的表现时间！

　　周末我最喜欢的活动就是练习脏脏球了。马文叫上了整个脏脏球队的队员一起练习，在他们的鼓励下，我非常想把球运得更好一些，赫尔戈和奥斯卡出色的拦截能力尤其给了我提升球技的动力。

我们还研究了一些弹弹三分球的新招式。菲利克斯向后把球传给海迪，海迪用180°后空翻把球传给马文，马文重重地将球向地上一拍，球飞起弹到哈丽雅特头上，再弹到我的触手上，接着进了脏脏球桶。精彩！带劲儿！太——棒——了！

得分！！

与他们聊天真是太酷了!

不过最让我吃惊的是，和他们聊天真的好快乐。我之前总是忙着玩我的平板电脑，抽不出时间和其他队员们聊天。赫尔戈和菲利克斯很迷《怪兽超人》漫画，奥斯卡和哈丽雅特跟我一样喜欢收集《超级制裁者》的卡片。哈丽雅特甚至还有几张我一直没能集到的卡片。

　　马文最先回家了。他说:"我已经迫不及待要和我的小毒牙吉他重聚了。我们整个周末都在一起摇滚!"他在最喜欢的事情上花最多的时间。这让我很受启发。

我在脏脏球训练上花的时间比时间日志上的计划要久一些，但我觉得很值得。我想了想我在平板电脑上花费的时间，感觉可没有这么好。我之前没有把最多的时间用在我最喜欢的事情上。

阅读   30分钟/30分钟

脏脏球   30分钟/1小时

时间日志		
活动	预计花费时间/实际花费时间	喜欢程度
脏脏球	30分钟/1小时	10
平板电脑	20分钟/30分钟	6

　　我在时间日志上加了一个栏目，记录我对某个活动的喜爱程度。我给脏脏球打了10分，给平板电脑打了6分。其他活动我也一一打分，这样我就能把更多的自由时间用在我最喜欢的活动上了。掌控自己时间的感觉真是妙不可言啊！

第 八 章

顶呱呱的星期一：

驯服时间（高光时刻）

　　我很长时间都没有体会过像今天这么棒的星期一了。去学校让我感到非常兴奋。因为我知道我所有的作业都做完了；我知道我准备好练习脏脏球了；我知道我能按照自己的心意分配时间了。

是谁又一次准备好啦？是这个家伙！又一次蓄势待发！

在校车上，我没有玩平板电脑，而是跟哈丽雅特聊起了《超级制裁者》中的角色。交到一个新朋友真的太开心了。在课堂上，格里姆老师奖励给我一枚金角角贴纸，因为我今天一整天都很恰当地使用了平板电脑。多谢啦，ST_4 **小妙招**！

　　我们球队在练习脏脏球的时候也很顺利。我的每一次传球都成功了，球一次也没丢，我甚至还投中球框得了一分。海迪、菲利克斯和哈丽雅特试了试我教给他们的运球小技巧。戈尔贡教练看到后大为震撼。

练完球之后，我复习了一会儿怪兽生物课的考试内容。复习之前我把平板电脑放在了另一个房间里，这样它就不会让我分心了，我在时间日志的"预计花费时间"一栏下面写了"2小时"。我把笔记看了三遍，还完成了所有的练习题！

我还让双胞胎弟弟帮我复习了一遍闪电记忆卡片。

一个半小时过去了，我感觉怪兽生物课考试没问题了，我甚至还做了一些练习题。我在时间日志上写下了"1小时30分钟"。第一次，我有了富余的时间！太让人难以置信了！

时间日志	
活动	预计花费时间/实际
学习	2小时/1小时30分钟

剩余的时间我搭了一艘黏土砖块宇宙飞船。看起来棒极了……倒霉的是它被双胞胎弟弟发现了。

黏土砖块宇宙飞船被双胞胎弟弟发现之前的样子。

他们更喜欢碎片状的宇宙飞船。很多碎片的那种。我可不想浪费时间跟他们打架，所以我决定和他们一起玩。

我们玩了宇航员和外星人的游戏。他们很喜欢扮演祖祖格，假装吞掉我的飞船。游戏结束后，我们得打扫现场，他们假装吞掉房间里被扔得一团糟的黏土砖块。我告诉他们应该把"被吃掉"的这些东西放到哪儿，他们就乖乖照做，就这样，直到整个房间恢复整洁，而我几乎什么都没干！

这件事点醒了我：祖祖格可以帮我吃掉德拉戈，这样我不费吹灰之力就赢了，就像双胞胎弟弟帮我清理房间一样！晚饭后，我打开了第51关。这次我没有开火猛攻，而是绕着其他的飞船和小行星飞行。我的驾驶技术简直一流，我甚至能绕着德拉戈飞行！

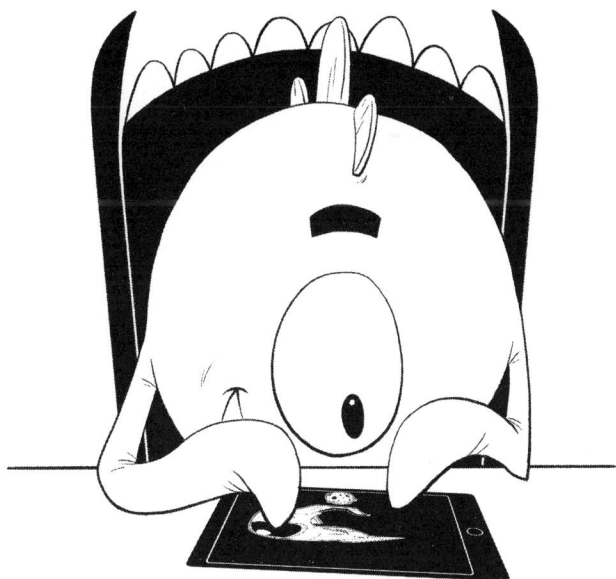

祖祖格把他们都吃光了！德拉戈也不是它的对手！！我驯服了祖祖格，就像我驯服了平板电脑一样。只要我掌握控制权，它们都能成为很了不起的工具。有了 **ST$_4$小妙招**和时间日志的帮助，我没有在游戏上浪费太多时间，我甚至决定游戏通关之后就上床睡觉。

干得漂亮！

A

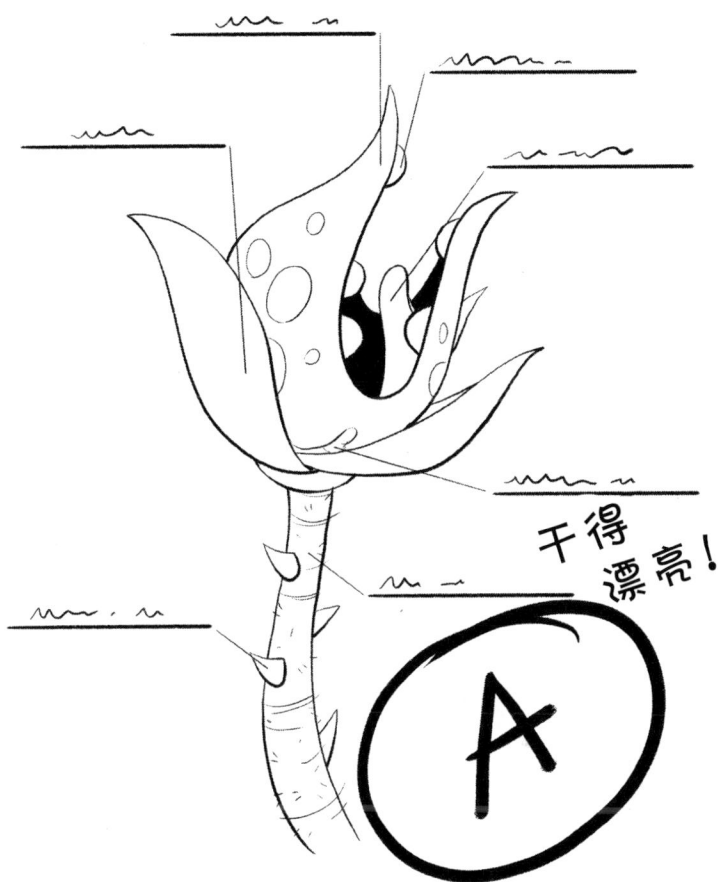

星期二和顶呱呱的星期一一样好，甚至可以说更好。我的考试顺利通过了！多亏了ST$_4$**小妙招**和时间日志，我考前复习得很充分，而且睡了个好觉。我答出了所有问题，甚至对会喷火的金鱼草的每一个部位了如指掌。

今天是星期三了，我们比赛的日子。怪兽乌托邦冠军杯今年就在怪兽城中学举办，所以我们不用坐校车去了。我和朋友们在怪兽城等着其他队伍的到来，这种感觉太棒啦！

年度脏脏球
冠军

　　菲利克斯讲了一个很棒的笑话，可是我紧张得够呛，根本笑不出来。不管比赛结果如何，至少我知道自己通过了怪兽生物课的考试。即使我们输了比赛，我还是可以得到通过生物课考试的奖励——一株会喷火的金鱼草。

第 九 章

怪兽城牛头队：

比赛时间到！
半魔怪，大块头！

造物堡野兽队抢先进了第一个球。他们的跳跃击球手是个半魔怪。海迪的实力被半魔怪庞大的体型优势压制住了，开场很久都没能找到抢球的机会。半魔怪投进了一个二分球。球弹出来的时候，奥斯卡拿到了球，往地上一拍，把球传给了马文，马文给了我一个弹弹三分球的信号。

再次得分！

得分

　　我把触手抬到合适的位置，顺势把球撞到球桶里。三分球！我们领先了！可接着虫洞火蛇队连进几球，我们却一分没得，直到第一回合比赛结束。裁判吹响口哨的时候，场上的比分是虫洞火蛇队12分，造物堡野兽队9分，怪兽城牛头队3分。

第二回合，我被换下场。赫尔戈、哈丽雅特、奥斯卡还有马文打出了几个很不错的配合。虽说虫洞火蛇队和造物堡野兽队的表现仍旧是怪兽乌托邦冠军杯最佳的水平，但我们的表现也不比他们差。

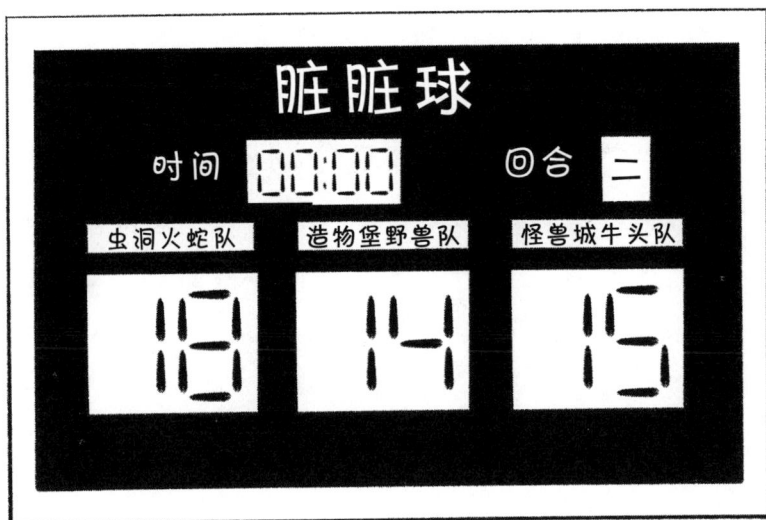

脏脏球

时间 00:00 回合 二

虫洞火蛇队	造物堡野兽队	怪兽城牛头队
18	14	15

第二回合结束的时候，我们只落后三分。但是我们为此付出了相当大的代价：赫尔戈的翅膀痉挛了，奥斯卡的尾巴扭伤了，马文的脑袋被球狠狠砸中了，他们都被替换到场下去休息。我又上场了。第三回合的第一个球是虫洞火蛇队进的，但球弹出来的时候我截到了球。

我的一侧有两名造物堡野兽队队员在紧追不舍，前方还有三名虫洞火蛇队队员冲过来想"三对一"拦截抢球。这时菲利克斯、哈丽雅特和海迪都离我太远了，没法及时赶过来。这紧要关头我只能靠自己了，于是我使出了绝招——卷饼式运球大法，没给对手任何把球抢走的机会。

卷饼式运球
大法

　　我弯腰
躲过头顶的
翅膀，灵活地跳
过了脚下的尾巴，与此同
时，球在触手间以眼睛
难以捕捉的速度上下
左右来回穿梭。

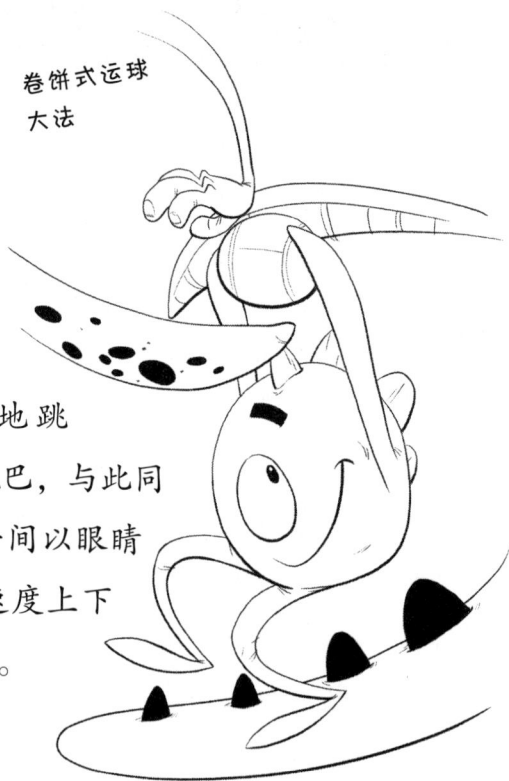

我把球传给了菲利克斯，并示意他投弹弹球。他把球回抛给了我，我用头把球弹到了球桶里。三分！这一球很考验团队默契，不过我们做到了，之前落后的比分也逐渐被我们赶上。

再次得分！

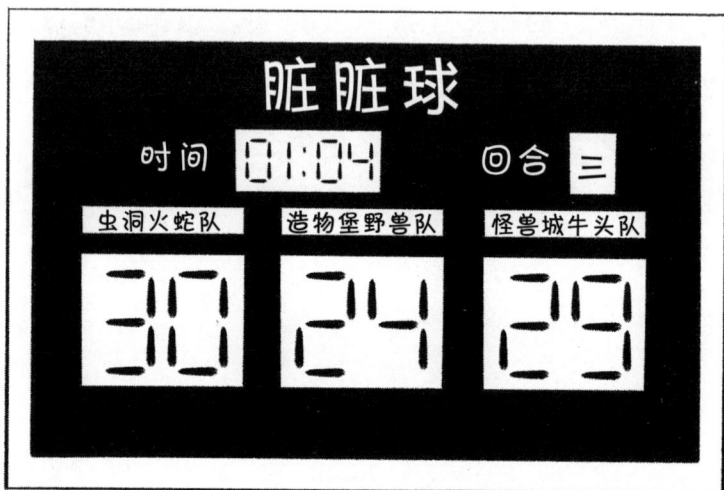

脏脏球

时间 01:04   回合 三

虫洞火蛇队   造物堡野兽队   怪兽城牛头队

30   24   29

在比赛还剩最后一分多钟的时候，我们只落后一分了。菲利克斯的一个二分球没有投进，不过哈丽雅特捞到了弹起来的球，造物堡野兽队眼看就要逼近了。我巧妙地避开半魔怪，以便给哈丽雅特制造一个出口，她运球、跳跃、躲避，就像我曾经教她的那样。

接着，我成功拿到了球。距离比赛结束只剩几秒钟了，可是我们队技术最娴熟的得分手此时并不在场上。我回想着和马文一起练球的模样，祈祷星期二的投篮练习能有点效果。我高高地把球抛了出去，球越过了半魔怪的头顶，越过了球桶，直直地飞向了虫洞火蛇队球员的翅膀。

这次不会给你拦截的机会了，半魔怪！

我可真幸运啊，那名长着翅膀的虫洞火蛇队球员和我一样惊讶，完全没反应过来。球在他的翅膀上弹了一下，径直落入了球桶中！我第一次投进弹弹三分球！第三回合的结束哨声吹响了。怪兽城牛头队赢得了怪兽乌托邦冠军杯！

再次得分！

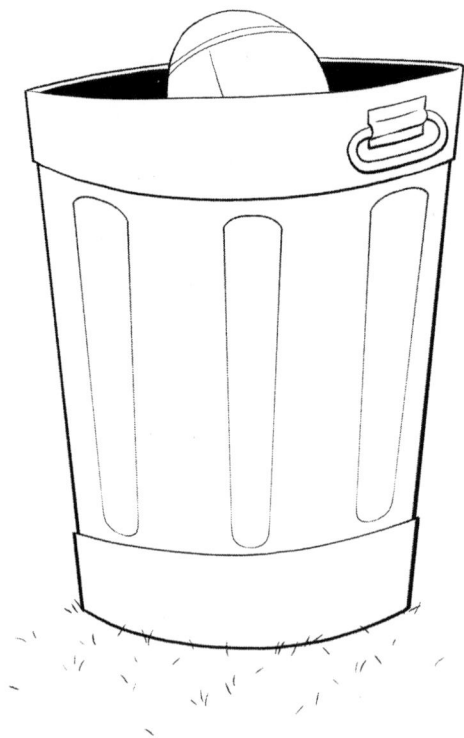

在我的时间日志里，参加冠军杯比赛只能得到10分的喜爱度，但赢得比赛让我觉得可以给它50分！

ST$_4$

年度脏脏球
冠军杯

正是我们队！

怪兽城牛头队

在我们队上台领取冠军赛奖杯的时候，我看到了马文爪子上贴着的ST$_4$徽章，情不自禁地笑了。

当心啦，怪兽星球！

触手怪蒂米和他了不起的时间日志加入了小怪兽马文的"停下来，花时间想一想"大冒险！

爸爸妈妈也要学习的魔法

让我们面对现实吧：现在的孩子开始使用电子设备的时间比以往任何时代的孩子都早，花在屏幕前的时间也比以往任何时代的孩子都多。科学技术是把双刃剑，既有好处，也带来风险。为了让孩子更好地在数字化时代的海洋中遨游，家长必须帮助孩子平衡数字媒体给他们带来的风险和收益。

面对孩子无法合理管理时间和沉迷网络的问题，家长往往感到束手无策，尤其是当事情开始失控的时候。孩子过度沉迷于网络让家长感到很担心，在我的日常工作中，这其实是家长普遍关切的问题。他们会问："我该怎么让孩子停下来呢？这个问题快把我们逼疯了。"其实，家长没必要如此忧心，但他们的确需要一些指导方法来帮助孩子解决问题。

　　家长需要承担掌舵人的角色，孩子也需要参与进来。在这本书中，我们关注的对象主要是小学生，但是我们提到的原则适用于所有年龄段的孩子。我们主要关注孩子的时间意识，这是正确利用电子设备的重要基础之一。此外，我们还会讨论数字媒体的安全使用，以及家长和孩子怎样通过更好的配合，让孩子使用电子设备的体验变得更加美好。

数字媒体是什么？

　　"数字媒体"或"电子媒体"是经常互换使用的术语。它们可以被定义为在数字电子设备上访问的媒体，包括软件、数字图像、数字视频、视频游戏、网页和网站、社交媒体、数字音频和电子书等。一般来说，与数字媒体或电子媒体相对应的是纸质媒体（如印刷书籍、报纸和杂志）。

💡 数字媒体使用的范围

　　我们的社会越来越依赖于数字媒体的使用。国外也是如此，最近的一项研究报告表明，在4岁的美国孩子中，使用电子设备的比例高达96%，甚至有些孩子在1岁之前就开始使用电子设备了，到2岁时，大多数孩子每天都使用某种类型的电子设备！

另一项研究表明，到了三四岁，大多数孩子能够在无任何帮助的情况下使用电子设备，其中三分之一的孩子常常同时使用多种电子设备，这是导致儿童和成人任务处理效率低下的部分因素。

这些电子设备的使用并不全是孩子主导的。例如，报告中70%的家长表示会在自己做家务时让孩子使用电子设备；65%的家长表示他们用电子设备来让孩子保持安静；29%的家长表示他们用电子设备哄孩子睡觉。还有一部分家长则表示，他们用电子设备作为"数字奶嘴"，以安抚或奖励孩子。

虽然近年来看电视的时间有所减少，但2～4岁孩子的电子设备使用率却翻了两番。美国儿科学会（AAP）现在已经承认数字媒体在儿童的日常生活中无处不在，并建议18个月以下的儿童，除视频聊天外，应该避免使用其他任何数字媒体。如果18个月至24个月大的孩子准备开始使用数字媒体，家长应选择高质量的内容。2～5

岁孩子的屏幕使用时间应限制在每天1小时以内，6岁及6岁以上的孩子在使用屏幕的时间和类型上也应有所限制。当家长扮演"媒体使用导师"时，任何年龄段的孩子都将从数字媒体中有所受益。也就是说，家长应该尽可能多地和孩子一起使用数字媒体，并时刻留意孩子在网上的所作所为。小学生在使用网络时，家长则应更多地关注网络安全问题，并培养孩子健康的数字媒体使用习惯。年龄较大的孩子也需要家长规定远离电子设备的时间。

💡 数字媒体有什么优点吗？

孩子通过数字媒体获得了前所未有的学习机会。交互式、非评判性的应用程序可以促进他们的认知能力（处理和组织能力、视觉空间意识、模式识别能力，甚至是阅读能力），社会和情感意识，甚至是道德的发展。

能帮助孩子学习语言、辅导孩子学习、提高其执行力和开发创造力的应用程序比比皆是。当然，家长必须从中精挑细选才行，互联网上有很多可用的信息可以帮助家长做选择。对于住在异地的祖父母或其他亲人来说，视频聊天缩短了家人间的距离。让一个蹒跚学步的孩子将注意力集中到视频中"会说话的脑袋"上并不总是那么容易，但只要添加一点有意思的小创意，比如滑稽的帽子和手指娃娃，孩子就会感兴趣得多，这种保持联系的方式非常奇妙！

家长和孩子用数字媒体进行互动的方式越多越好。当孩子读一本书或听一本有声读物的时候，他们用想象力来"描绘"故事——这是一个富有创造性的过程！如果他们听书的同时眼睛看着这本书的纸质版，可以提高他们的阅读能力和识字能力。同时使用数字和非数字媒体是从屏幕时间中获益的好方法。

💡 数字媒体有什么缺点吗？

我们都读过关于网络欺凌和色情信息的可怕故事。不过数字媒体对孩子睡眠等基本生活的影响如何呢？屏幕时间是如何剥夺了孩子的玩耍时间和家庭时间呢？

现在的孩子与过去的孩子相比，睡眠时间明显变少了，数字媒体很可能是罪魁祸首之一。孩子晚上在数字媒体上花费的时间越来越多，再加上数字媒体技术性的诱导和刺激、海量的内容，孩子的睡眠时间因此大大减少。你会为此感到忧心忡忡吗？当然！低质量和时长不足的睡眠会导致孩子认知能力和处理事情的效率低下、情绪不稳定、暴躁易怒或反应迟钝，更不用说对饮食和体重的影响了。

有些应用程序可以教给孩子一定的社交规则。然而，大部分社交技能应该是在操场上通过典型的游戏和在现实生活中通过人与人的相处而锻炼出来的。如果数字媒体剥夺了孩子的玩耍时间，那么可能会导致孩子社交能力下降，甚至被孤立，这些问题对那些已经有社交困难的孩子来说会尤为严重。

作为一名发育行为儿科医生，我经常被问到过度使用数字媒体是否会导致注意缺陷与多动障碍这一问题。虽然我能找出很多证据来证明二者之间并不是直接的因果关系，但有一点担忧确实存在——患有注意缺陷与多动障碍的孩子可能更脆弱，不健康的屏幕时间会让他们受到更大的伤害。患有注意缺陷与多动障碍的孩子喜欢过度关注刺激性很强的任务，这样他们脱离和过渡到更平淡的任务时就会变得困难。他们很冲动，这更容易导致不恰当的社交网络活动，因此，注意缺陷与多动障碍会让问题变得更加复杂。

那么家长该怎么做呢？

细心的家长需要问问自己：我们是什么样的家长？我们想成为什么样的家长？我们当然希望能给予孩子信心，培养他们的应变能力，同时增强他们的自尊心，培养他们的独立能力。我们希望孩子能够自己监督自己并且做出正确的选择，尤其是当我们不在孩子身边的时候。要做到这些，我们必须弄清楚如何在制订规则的时候保持一定的灵活性，允许孩子提出反对意见，鼓励他们参与这一过程。我们希望给孩子少设置一些条条框框，这不是说对养育孩子采取自由放任的态度，而是带着温暖和爱，充分了解孩子的状态和感受。每个孩子都有自己的色彩，因此如果家里有好几个孩子，聪明的家长会选择不同的、个性化的育儿方案。

我们必须多了解数字媒体，并了解怎样"驯服"它们。有了关于数字媒体的知识，我们就可以制订一个行之有效的计划，这样做，我们才能成为自己理想中的家长。

"家庭屏幕计划"

在家里管理屏幕时间和使用范围的第一步是提出一个"家庭屏幕计划"。或许可以任命一位家庭成员担任"信息技术官"以掌控这个过程。定期在家庭会议上对该计划进行回顾，以便为制订个性化方案提供灵活的调整机会。

🔅 树立榜样

整个过程最重要的是家长在树立正确基调方面的作用。孩子会模仿他们所看到的人和事，因此家长在做什么以及如何与同龄人社交是至关重要的。可悲的是，我们经常看到相反的例子。在公园里散步的时候，家长在玩手机，孩子在一旁跑来跑去，想要和他们一起玩耍，最终却只能拿着电子设备安静了下来。

可能你需要和所有的家庭成员坐下来，为"家庭屏幕计划"制订一些基本规则或设计一些活动。例如，尝试发起一个每天30~60分钟的"无屏幕"挑战——吃饭时间全家人都不能用电子设备。想要做到这点其实很难：没有手机，没有笔记本电脑，没有任何"屏幕"！你甚至可以规定一整天都不看这些电子设备，比如在周六或周日！这是重塑权威和家庭价值观的一种美妙的方式。

"家庭屏幕计划"可能还包括在屏幕上花费时间的规则。

·2岁及以上的孩子每天使用数字媒体的时限为1小时。

·设定使用电子设备和关闭电子设备的时间，并严格遵守。

·规定写作业的时候不能打开电子设备，除非确有必要。

·在使用电子设备前再检查一遍作业。不要着急！

·学龄前儿童睡前60分钟要关闭电子设备。

·为电子设备的使用设立明确的时限，并用计时器监控这一时限是否得到遵守。

用餐时关闭电子设备

用餐时不允许使用电子设备。在餐桌上使用电子设备常常会让其他人倍感压力。我们最好是彻底改掉这种行为，让用餐时间变得更有意思！这需要花些小心思，好好准备一下。餐桌上的活动越有趣，孩子就越有可能参与其中，并享受家庭欢聚时光！

让孩子画漫画或将剪报文章、漫画等带到餐桌上，家长也要参与其中！每周有那么一两次，发起"主题晚餐"活动，可以是以颜色或国家为主题。参与者要盛装打扮，制作一些装饰品，做一道某个国家的特色菜，戴一顶滑稽的帽子，或者在公园野餐。让我们重拾家庭聚餐的美好时光吧！

父母还能做什么？

除非在迫不得已的情况下，不要依赖电子设备或者数字媒体来让孩子安静下来！

☀ 符合孩子年龄的电子设备使用方式

让家长监督孩子使用互联网和数字媒体势在必行。保护儿童的世界是家长的职责。记住，保护孩子是家长的责任，但不能借此侵犯孩子的隐私。家长应选择在年龄上和内容上都适合孩子的电子游戏。家长可以和孩子一起玩，以此来亲身体验游戏内容。

💡 使用电子设备的替代方案

"家庭屏幕计划"应侧重于减少孩子使用电子设备的时间，家长可以通过发起一些富有创意、有吸引力的活动来达到目的。很多孩子说他们玩电子游戏、看电视或上网是因为自己太无聊了。虽然你不可能时时刻刻都充当孩子的"娱乐总监"，但一些课余活动和玩耍日能减少孩子的无聊感，从而减少他们使用电子设备的时间。

"分散注意力"是对付消极行为的好帮手。在手边放一个"创意罐"，里面装了写有各种好玩活动的卡片，比如"管道清洁工"甚至"剃须膏"，也可以包括简单的、基于卡片的小游戏，甚至是读一本笑话书。"分散注意力"可以避免孩子整整一下午都沉迷于数字媒体。以下是其他一些可以放入"创意罐"中的创意活动。

· 烘焙、准备有趣的水果串
· 画画和手工：串通心粉、串雏菊项链、手指画
· 建造室内堡垒
· 参观图书馆
· 准备野餐（午餐或者晚餐）

· 打牌或玩棋盘游戏

· 设计家庭徽章

· 寻宝游戏

小怪兽蒂米的锦囊妙计

为了更合理地安排时间，小怪兽蒂米有几个锦囊妙计。第一个是 **ST₄小妙招**，它旨在增强孩子的思考意识和自我意识。这个工具帮孩子通过思考来改变现状，让孩子对自己的身体和思维拥有更好的控制力。孩子作为团队中的一员参与改变的过程，家长的陪伴能让孩子相信：大人了解他们所面对的挑战，并且会和他们并肩作战。

ST₄小妙招的使用步骤如下。

1）让孩子知道，他们可以学会控制自己的身体、胳膊和腿、自己说的话，甚至自己的思维！这会赋予他们力量！

2）解释"化学式"的含义，比如水的化学式是 H_2O，氧的化学式是 O_2，以此为例。如果一个概念太过抽象的话，我们就回归数字和字母的含义。

3）向孩子解释蒂米是怎样使用ST_4**小妙招**的。孩子可以按照自己的心意，将这个化学式作为一个小秘密。

4）孩子可以学会放慢脚步，停下自己正在做的事情，这就是"S"的含义，代表着"STOP"——停下来。

5）停下来之后他们需要花时间想一想（TAKE TIME TO THINK）。数数看有几个"T"，四个，对吧？

6）一个"S"和四个"T"，这就是ST_4**小妙招**名字的由来。

7）把公式画在贴纸上或徽章上，然后把贴纸贴在背包上、文件夹上、课桌上、浴室镜子上！

8）告诉老师什么是ST_4**小妙招**可能会有帮助，老师可能会在课堂上用到——需要提醒孩子时，只需要指一下他桌子上的ST_4贴纸。如果孩子更希望将ST_4作为小秘密也没关系。保密能帮助孩子和老师建立积极的和睦关系，同时也可以避免秘密被公布于众后所带来的不必要的羞耻感。

💡 时钟

对于成功的时间管理者来说，意识到时间的流逝是非常重要的。能够在模拟时钟上认读时间对于掌控时间而言很有帮助，但并非必须。那么，孩子怎样才能学会像蒂米那样使用时钟呢？家长可以买一个玻璃表面的模拟时钟（一般在办公用品商店里就可以买到了），还要买一些可擦的马克笔。在表盘上指针指示的一段时间上涂上颜色，比如说15分钟，让孩子把注意力集中在分针上，看着它慢慢地跑过那15分钟的涂色部分。这可以作为一种时间意识工具，孩子在做作业、玩电子游戏或者使用电子设备的时候可以使用这个工具。当分针移出涂色区域，时间到。

在关机前15分钟向孩子发出提示。根据需要每5分钟再提醒一次。在过渡期，计时器是另外一个很好的工具，蒂米也用到了计时器。

💡 时间日志

时间日志是做作业的好帮手。有些孩子在看到作业的时候会感到不知所措，似乎他们的作业永远都做不完。我们需要帮孩子把作业分解开来。在一张纸上画三栏。第一栏的标题应为"需要完成的任务",第二栏的标题应为"孩子或者家长预计完成任务需要花费的时间",第三栏的标题应为"孩子完成任务实际花费的时间"。

比如说让孩子估计一下自己完成数学作业需要多长时间。在第一栏写上"数学",然后写下预计时间和实际时间。我们经常低估或高估完成一件事情需要花费的时间,而且对注意力难以集中的孩子来说,这个时间差可能会很大!

同样地,记录在电子设备上花费的时间。蒂米用时间日志来查看他最喜欢的活动有哪些,然后选择把时间更多地花在这些活动上。让孩子参加一项活动,自己决定花费多少时间,并记录下实际花了多长时间。他们会得到一些启发!